遥远 —— 著

伤口与花朵

遥远诗集

上海三联书店

目　录

2020 年诗选

2020 年诗选

鸟树帖

鸟，我每天丢失的一只眼
树，一个熟悉男人的隐居屋子
鸟与树，不懂我说的

但鸟——看见我看不见的
但树——护念我所哀戚的

1.5

3

献给曼德尔施塔姆

你在西伯利亚的洗衣盆
斧柄做的洗衣盆
使劲搓着带血的衣领
怎么搓也搓不净

八十年后的温暖海角
依然惧怕你肥皂泡似的眼神
锋刃的闪光，一行行
爆出消音枪一样的喊声

1.6

我们都知道

星星，流亡的政治犯
日夜思归的光明游子

午夜的鸟叫声
打开发光的黑罐头
挂在被水声泡得发白的枝桠上

月亮，一点就着的鸟窝
遗失的扣子
单筒望远镜

窗外很多诗人
丢了瓶盖的酱油瓶

钟，笑眯眯的狗
时刻期待给它喂食
我们都知道它发狂的时候
是什么样子

1.14

5

冷风帖

冷风吹来，像没谱的管弦乐队

把人听得想哭又想笑

就是这些音符，曾无数次酿出祸来

也无数次慈悲出均匀的雪

时间是一座孤城——我

是被围困其中的鸟

颤抖地烧着炉火，偶尔

扔进一些词语的米粒

这时候谁还希望幸福

谁就难免灵魂冻伤

这时候谁还抱怨不公

谁就一瞬苍老千年

1.17

围困

浓雾的口罩，笼罩城市
一个个亮灯的家，被封锁
不要轻易走出门

年的镜子伸出荒凉梯子
仿佛还有路
值得不回头地攀爬

死亡
遗忘熬的中药

1.22

让星星重新睁开眼

寒冷的溶洞，蝙蝠也躲了起来

向高处搜寻星星

如调皮的孩子躲了起来

故意离弃我们

从未如此渴望花朵，从未如此

只有花朵可以在这时候

让星星重新睁开眼

1.22

我们的人

我们的人，在雨中，在雪中

在闪电中，在黑春天中

我们的人，失去了路

无人幸免

善与恶，皆是神造的么？

应该承当的么？

我在此处，也在彼处

为我们的人揪心

鸟为有翅膀而羞耻

主动赴火

我却只能停在这里

愿我们的人，早日寻出路来

1.24

窗外的城市，不存在了

窗外的城市，不存在了
迷幻中的影院

四方的黑兽
向荒野狂奔
射出混乱的记忆
我不在其背，而在肚里
被消化，舍弃

没有烟尘，没有青草
大地裸露，星辰哑默
听不见耳畔的哭声

1.29

妈妈，你看我们多么一致

妈妈，你看我们多么一致
一致认为
死，不是消失不见

你带着我
我带着你
同一条河的两端

妈妈，你看见了
大地上的人正在遭难
我的心，你的心，一定都在酸

人是那么弱小
活得如草一样慌乱
却要负荷那么重的担

妈妈，我们相见的时候

你不要哭——

死，不是消失不见

1.30

当

当——

我们都以素朴为美

相信自然中有神灵

相信公正降临的福报与惩罚

富裕时不害怕黑暗伸手

穷困时犹然保有人的尊严

不因说真话而抖动害怕

遇到困难时有可信任的管理者

不再成为土地的奴隶，而是驰骋于光荣与梦想

没有敌人，到处都是朋友

睡眠中充满安全感，甜甜的笑

孩子不需要培训课，身边就有真善美的老师

老人都是智者，楷模

那时不需要组织也到处是赞美

2.2

莫要让暮色收割了眼睛

莫要让暮色收割了眼睛，那是
太阳脊骨断裂的血痕

更不提楼宇上升起的灯，那群
鬼鬼祟祟的跳舞木偶小人

把风挽起，织进充满泪水的眼睛
照亮自己这颗残损的心

我们不在乎删除字句，甚至土地
我们早已心有所属：灿烂的星辰

2.20

公交车缓缓驶入终点站

公交车缓缓驶入终点站
疲倦极了，像古老的帝国

我在阳台里，也在车上
我安静坐着，也在发抖

地面开裂，流出黑油脂
灯火在风中渴望被怜惜

2.22

危险的感觉如崖壁上的苔藓

危险的感觉如崖壁上的苔藓

前路确实糟糕且陡峭

尽管望去光滑得渴望入睡

多么幸福，但你得纵身一跳

意志坚强者被感伤击中

该被遵守的规章四处起火

不是法律习俗，而是惧意

有一种即将消失的趋势

空荡荡的城市叫人发慌

更为整洁但不牢靠，而新闻

只能供给恐惧的数字和几句笑料

多么可笑，但你得纵身一跳

那些据说是真实的谣言

和这个春天一样黑而灿烂

只要我们同意浑浑噩噩过日子

对不见了的人再不提起

一言难尽，当说起不可预测的明天

我们只是摇头，彼此祝福

哭泣甚至比乐观更难做到

没有人关注，但你得纵身一跳

在万丈深渊的幽僻一角

亲爱的，我们躺过的床还在那里

虽然我爱你，你还得纵身一跳

我们的安全幻梦已经消失

2.22

春天的黑水牛

我在阳台上看帕斯捷尔纳克的故事
窗外的夜晚像一头春天的黑水牛
和我隔着一张长满尖利厚毛的皮囊
蝇的灯火，夜的呼啸，词的鞭打
都是我对它了解的表象
坐在这里，它的侧面，看着
那个穿着蓝色外套的孩子
没有田野和稻秧，只有暗沉的鸽子
我这个局外人，浅薄是我的宿命
遥远是我的宿命
一个走丢了的孩子
有什么呢？还有一粒炭火
一粒渴望报恩的炭火
黑水牛的阴影！他们知道他们是谁
流水将把他们带往何处

2.24

两地书

不是陌生人消失
不是一些名字飞起
不是名单上锋利数字
不是遥远的同情
不是不小心按下暂停键

是一张张脸，转眼被风吹走
有人还在寻找
是无数个甜的笑，像水泡融在水里
有人拼命打捞
是一颗颗心，在春天炸裂
疑问如鲜血飞溅

一只只挣扎的手
一声声强烈的呼救
一滴滴泪水淹没喉咙
是不可忍受的你死
——我活

2.29

花朵，不是真实的

冬眠结束
老人换上旧衣服，兴奋
像少女逛公园

别忧伤，不恐惧任何事实
去看清并品尝每一朵花
——像吃日式大餐

别忧伤，不会中毒
你我百毒不侵
幻梦中的筏子，鸟

花朵，不是真实的
春天，不是真实的
今天和未来，都不是真实的

3.4

黎明的记忆

云低低
破烂不堪
远处的楼宇，散发青烟
刚醒的心，打颤

镰刀
盘踞茫然的视线
梦
收割完毕

看不见的鸟
清脆鸣唱
我仿佛坐在
一座立体声剧院

它们不属于这个世界
无所谓停留

不需要根源

它们只是声音

地球

一滴古老的泪珠

易碎

易被蒸发

3.8

水中草木帖

我们的眼睛

对有水的地方发狂

我们如瘸子般

提防路面的刀刃

水中站满草木

水像蚂蚁一截截爬上来

草木浸透忧惧

人，会说话的草木

我们已在汪洋

智慧不会高于草木

草木皆兵，不只是古老成语

更是时代的精神状况

3.8

花园里的两只珠颈斑鸠

整洁的灰褐色羽毛礼服
晶莹的珍珠项链
慢悠悠地，不失灵活地
走在洒满阳光的地面

小径如钢琴，阳光如琴键
寻觅着食物，弹奏着音符
它们的眼睛，没有生存的艰难
每走一步都响起欢乐的律音

穿白纱裙的梅花，静止了
穿红旗袍的茶花，静止了
烘烤芝士蛋糕的石楠，静止了
举着紫火焰的玉兰，静止了

从角落窜出的肥白猫
像孤傲的皇帝

将它们惊飞进香樟树间

再也看不见

3.11

雨是傍晚突然下起来的

雨是傍晚突然下起来的

为了织出一个雨夜

哀伤的雨夜

一针针窣窣缝进黑夜里

缝进难安的心脏

哀伤的心脏

武汉也下雨么？

此时有多少人正在哭！

哀伤的泪雨！

3.21

疲倦的太阳

疲倦的太阳
在云雾的深宫之中
缓缓垂下头

拖着灰白的
没人能读懂的残躯
退回巢穴

哀伤粘滞
杜鹃鸟的鸣叫也化不开
如同永别

3.22

云雨帖

云中的渔夫，从低空

一次次撒下网

向远处的高楼

向一盏盏家的灯光

一次次撒下网

黑黢黢的，簌簌响

人像长满青苔的石头

一样忧伤

他是位富裕的鳏夫

因为孤独，找事情解闷？

难以判断

只听着一声声撒在耳旁

3.29

2019 年诗选

折叠的道路即将打开脸庞

折叠的道路即将打开脸庞
他推着垃圾车走在剧场中央
前面车窗飘出烟如草原帷帐
交警边指挥交通边瞅姑娘

二月末有一种特别的忧伤
伤口快愈合又将抓烂般心痒
歌声中有多少无奈何的坚强
眼里到处都是家的方向

2.27

春夜喜雨

地面闪着湿漉漉油光

如踩在羊毛毯上

春的脾气来了，谁也不可挡

只可笑着欣赏

木兰燃起紫烛

海棠摇着纸扇

梨花晃着银铃

舞会现场，个个盛装

叶和花散发清香

只是不见鸟，少了鸣响

戴白礼帽的路灯孤独地

凝视花们欢畅

没有绿山，没有泉水

故乡只够余生想象

与花们一起跳舞

用骨头燃起歌唱

3.20

小葱

菜场里的赠品
——像诗人的诗集
少有人愿意花钱买它

被偷窃般
塞进不同的袋子里

剥去外皮，掐掉根须
用水龙头冲几冲
瞬间飞翔

像一首诗那样
飞回绿盈盈的家乡

3.26

春天让人变哑

春天让人变哑

听见的声音变大

但说不出一个字

对着樱花、海棠花、红花檵木

说不出一个字

回到哲学

一片废墟的哲学

失去了头的人

只剩肉在蠕动

写了那么多歌颂春天的诗句

也抵挡不了梦的回潮

——烙印

阳光又开起白铁皮铺子

敲敲打打晃眼的尘世

猫的一生都是为了消隐

蹑手蹑脚地

退避万物又被牵扯

仿佛在其内部游走

新发出的绿叶

在阳光下的微风中

晾晒着昨日哀愁

为何要经历这么多

一层层枯叶

正在身下安眠

4.15

夜晚如一个灰蓝色水库

夜晚如一个灰蓝色水库

将黑夜与凉风，以及忘却

注入炎夏的城市山谷

注入一本密不透风的小说

我们在夜晚行走说话

像水草在水里行走说话

在梦里做梦

头颅——花朵，被水溶解

在夜晚固执地思念一些人和事

如锚思念远去的帆

她，为了不可得的感觉

将自己变成金色花纹的蝴蝶

夜晚，是这个时代的颜色

我们爱每一盏灯光，不分善恶

我们是夜晚最本质的部分

我们在夜晚如信徒般忏悔

7.30

我的森林山谷

开始迎接秋天

绿在叶片上聚拢撤退

像翻开的书又合上

蚂蚁们奔忙，不间断的游行

诉说坚韧的意志

鸟声不再清脆，隔着一层受潮的

自由主义的纸箱

横飞过林间的翅膀被封锁

剩下安然，剩下生活

浑圆的橘子长成拳头

新的权威登场

表皮散发的光亮

让每一个都神圣无比

我也只是一个橘子

长着悲伤的翅膀

在这森林山谷的秋

一起迎向残暴与成熟

8.22

一只鸟被抛下

一只鸟被抛下

像一块石头被抛下

快将落地时

又如拨动的琴弦飞起

大地上什么样的引力

值得这样献出自己

一次一次修习

我在哪里？

为何不能像鸟一样

甜蜜而痛苦地

跌落并飞起

8.29

黑衣嫦娥

振飞如蝙蝠
收割一张张秋天的盐脸

我的石头，脸中的石头
如门闩沉寂

墙壁与地面持续沉降
树木的眼睛发了疯

远方那抹让人心碎的金黄
正火速赶来

9.4

太阳夜

太阳瘫在天空，口吐银色的沫
下界还处在睡梦中
漫长的没有词语的夜中
从沙漠中提炼迷药

桅杆已折断，帆已朽烂
经年不绝的呼喊消失无踪
悲伤的事实刺人眼
睡梦重如星际陨石

紧抱那棵被砍伐的桃花树
不愿轻易沉没，寻找火的记忆
像炭渣堆里拿锤子敲打的人

暗的恐惧渗出汁液：
太阳就快死了

9.12

时间之子

我也是爱这个国家的
爱这个在时间中摇晃的国家
像蜜蜂爱着蜂巢

爱时间中的一切
享有时间的赐福
我，一粒闪光的时间之子

不嫉妒谁
不为卑微而忧伤

只有卑劣，让我剧痛

9.24

44

秋的速写

秋天朝虚空的一侧倾斜

被路旁的钢绳紧拽

一张发疯的深陷洪水中的帆

                        9.27

九月九

秋叶在下坠中

追忆灵魂的火焰与雨水

那不是某种历史

某种快乐或痛苦的记忆

那里万物耽美

精灵们为家园和族人而骄傲

没有虚假与罪恶

河水纯净，倒影良善

秋叶在下坠中

充满了寂静的哀伤

回望天空之树的辉煌

10.7

寒露之夜

故人何在？林间隐藏的魂灵
以脸切割时间的魂灵
守望同一盏灯的魂灵

风从天来，带着古老的凉意
轻轻滴入身体

鱼儿同时游在不同的河里
我在风中苍老

一群橘子在雨后
冒起绿烟

10.8

银色的雾

银色的雾像一条拖着锁链的船驶过城市

遗下沉重的寂静

一栋栋楼如盲人伸出抖动的手

为了生存的联系

在没有梦的世界做梦行走

如旧电线传递思念

10.11

墙

从山坡上挖的土
有树的种子，有小石子，有鸟鸣
有风的发丝，有阳光，有黑暗
有河水的吻，有麦秆的词
有亲人的脚印和眼泪
它们被筑成了墙，构成了我的家
我的命

我希望我的墓
也是这样的一面墙

死亡，这个词
听起来就会不那么
吓人

12.14

你寄来的信，没有信封

你寄来的信，没有信封
地址在我的身上、脸上、手指上
字句燃烧在凝满冷霜的信纸

我在早晨读你
森林与房屋从水中升起

写不出回信
我是一匹丢失喉咙的马
要说的，你全都清晰

一路追赶
你在背后，像鱼一样紧随

12.18

2018 年诗选

雪中，道路的发丝

雪中，道路的发丝

被剪刀截断

静止，四散

与蒲公英的手，枯冷的手

紧握

再向前

点燃深埋大地的堤坝

漂浮，飞起

……

2.10

一盒火柴

当一个国家如一盒火柴受了潮气

丢失宝贵的——磷

再也擦不亮

这时候，黑暗降临

它们横在盒里

活着的，死去的，皆无法目瞑

皆无法回归安宁

沉默地呼吸，偷窃般地悲悯

人与火柴的区别，到底是什么？

万物的深渊

让我目不转睛

6.3

54

墓志铭

随流水而生
在山坡收割心

向鸟学习
与石头拥抱

被雨滴重伤
把风看得锐利

一无所有
高渺的星光

果核投入黑夜
碎裂

织梦的老妇人
诞下诗之子

告别天边晚霞

不说一字

8.22

暮色如匍匐生长的野草

暮色如匍匐生长的野草
灰色金属粉末，从土中缓缓站立

牧人与马，走在不可见的虚空
伸出的手，一枝枯萎的藤

远方的城，无人之境
一个果核，守护心的可能

蓝的光阴，被风层层涂抹
石窟，传来歌声

9.8

2017 年诗选

群鸟

1

群鸟　飞进颤栗的六月

欲填补苍白的伤口

被击散

群鸟 失去脚

2

群鸟　散落潮声

翅膀折进岩石

盲眼人经过

四野涌出火焰

3

群鸟　蜷缩水底

吐出铁灰

一到这个季节 地面颤动一次

搏杀无止息

4

痴　不会停止

群鸟　在地底持续发酵

开出六月花火

赐太阳以光芒

6.3

蒲公英的歌声

被摘下，或是兀自飞起
跟随脚步，或是飘飘荡荡
无论多近，无论多远
旋律永不彷徨

根，大地螺壳里的母亲
母亲怀中的羊
赐予生，光，渴望
我以歌声来偿

为自己掌灯，为自己伴奏
音符，就是开放
你听，在我消失的地方
歌声正凿穿时间的墙

6.14

黑蜻蜓

黑夜灼伤我们

为我们披上枷锁的霓裳

这漂浮的岁月

心不堪承重，隐入空气中

身缩减为一根枯木

世人以为是飞翔的平衡

哪知负罪的苦衷

向光明进发，作飞舞状

悲哀的竹林间，发臭的水渠旁

展现痛苦的灵动

就差印第安人一样的歌声

从伤疤中蘸取墨汁

用枯木做笔尖

一行行抒写，不祈求看见

瞳孔决定本不在一个时空

写也改变不了什么

我们还是戴着枷锁的黑蜻蜓

我在我们的世界苟存

你在你们的世界辗转

6.21

风铃

走在河流下坠并哭泣的路
脚步与刀剑，皆不孤单

荒野上横着变硬的天空
鸟说的话，已说尽

晚钟按古老的风俗吟唱
萤火虫从死孩子的瞳孔飞出

低垂头颅，涌出蓝色火焰
晨光赶来的时刻，脸已石化

7.28

蓝湖

妈妈，湖水为什么是蓝色？
那是湖水在唱歌

妈妈，湖水在唱什么歌？
湖水思念天空

妈妈，我怎么听不见？
你听见了的，没有人听不见

妈妈，天空上有什么？
天空上也有湖，妈妈就在其中

妈妈，天空的湖水也唱歌么？
唱的，湖水思念大地

妈妈，我怎么听不见？
你听见了的，没有人听不见

9.15

岁月鞭打发黑的脊背

岁月鞭打发黑的脊背

如秋夜般无休止

疼痛的喜悦如雨后蘑菇长出

——这阴暗的冠冕

言语发胀，沉默是

打开家门的钥匙

拜服于悬空的野兽

学习弹奏古老音乐的技巧

某一刻，惊动了什么？

抓紧鞭子的手

反转，狠狠还了回去

牧马人的快感，飞溅

10.5

68

把你搂在怀里

黑夜里，黑的河流里

把你搂在怀里，把琴搂在怀里

为你梳头，静静的梳头

聆听最后的余音

雪，在屋外催促

灰的黎明做的帆，正在升起

把你搂在怀里，截取

缕缕凝固的冷火

大地变软，洞开

山上的鸟，从石头中飞出

我们向山中走去

走进一棵树里

你向下飞奔

我从骨中取出蓝羽毛

与河流一道

追向你

11.1

2016 年诗选

遥夜风雨国

雨夜
风发起攻击
城市的骄傲，如鸟藏匿

窗户
被黑暗与光芒同时紧闭

雨，一滴滴落进
黑瓶子里
久违的泪滴
桌上的兰花
祈祷奇迹

风，看不见的
刀刃与马蹄
砍来砍去，奔来奔去
卷着杀父的恨意

我，人类屋子中

幸运的存余

一个躯壳

一个感知器

雨，急匆匆

无暇与我交谈

风，势汹汹

不屑与我交谈

我只有自己对自己质问

这风与雨的意义

不满的白骨玩具

堆积成山

欲望花环，不分季节地

发出彩色嘶鸣

我一次次，如草

被梦从岁月的云中

拔起

逃离

成了一代人的宿命

更幸福的笼子？

光中的彼岸？

死亡，被消除的前方

让我追上你

让我也成为一滴雨

没有根

落进大地

让复仇的风继续

把一切澄清

直到我们都失却记忆

重新向春天学习

如何微笑和哭泣

没有足迹的路

是否更为美丽

没有风的日子

是否更为孤寂

3.9

岸边的沙

我的诗歌就是我的翅膀

在城市，在路上

在温软的草原，在洁白的雪山

还是神秘的寺庙

一边愈合伤口

一边开放花朵

赞美自然，把骨刺软化

抱怨社会的不公，歌唱生活的所悟

没有诗歌的日子

再蓝的天空也没有趣味

我清醒地知道他们有多卑鄙

但我软弱如草叶

走在人群中，像块小石头

不让任何人察觉

心中藏着的活火山

我没有说出的，总是多于说出的

我深深地羞愧，为我的软弱

我的诗歌最终将变成一粒沙

落回故乡奔流不息的岸边

8.16

腐船

一次次冲进浪涛，
装满自己……
归岸，腐朽。

一

那天，你望着我，
一个赶赴战场的士兵。
看得见你的泪水，翻飞的蝴蝶。
拿什么安慰你，除了发酵的伤痕。
我们互为伤痕，互为酵母。
那一刻的你，
已成我心永恒。
浪涛在前，你影在后，
拽着我，漂浮。
是该臣服，还是与浪涛一起碎裂？
注定没有答案。

二

大海深广，一面镜子，
看不见自己。
大海崎岖，座座山峰，
张着巨嘴。
我鄙夷我的拥有。
将自己蜷缩成为一只甲虫。
没有眼睛，没有耳朵，
只是呼吸，只是被大海裹挟。
到处都是五彩斑斓的鱼。
举着旗帜的鱼，用谎言酿酒的鱼，
不停做梦的鱼、发疯鱼、风筝鱼……
我想着一定要抓住一只，
任意一只，钻进去——
不如此，我将何以所依。
我抛下钓竿，撒下网，
可我没有鱼钩，我的网眼巨大。

三

走啊，走向尽头，那里没有重力。

我看见了自己，在大海底，

有真实的鱼，真实的海草，飘摇。

还有一个溺毙的婴儿，在微笑。

我打起冷颤，升上大海之巅，

意欲向下——

如倾斜的秤的砣。

看见了大地，长草如发，

生与死的供养。

看见站立的她，听见诉说的她，

箭头一样的眼眸，伸向大海。

我打开门，迎接一缕光。

沉默似孤鸟。

大海发出窸窣声，打开门，

颤巍巍捧出一面小镜子，

一面破碎的小镜子。

这时候，我才第一次看见了你，

我的船，我的船啊！

四

倾听着，一切。

为自己发明观看。

把船一次次驶向体内。

向领行的先贤请教。

与午夜的神灵交谈。

进入浪涛之核，一起品尝

其中的甘苦。

大雪中，大风中，地铁里，

陌生人的思绪中，坐标不可及之处，

我与她站在一起，肩并肩，

或笑，或哭。

在远方的远方，我捡起了

笔，燧人氏的工具。

火！烧了起来，不可停止。

大海，其中的一小团，

也烧了起来！

直到烧成一盏灯塔，

指明我的归来。

五

我知道，我已是一个孤儿，
如同我很久很久以前知道：
我终将成为一个孤儿。
一个在大海行走的孤儿。
或是紧抓桅杆，或是
点一支烟看星光璀璨。
我知道，我也将永别于大海，
老了，或是被大海碎裂，
我将归于大地，将腐朽，
将与虫蚁同眠，任月亮从缝隙窥望，
时而海水与盐，来拜访。
而我沉默，永远沉默，为这一切
皆消失不在的缘由。

六

那天，你走近大海，
以为你又看见了我。

11.8

2014 年诗选

地铁里的十四行诗：情歌集

1. 初恋

群山捧出黎明
世界如露水清澈
你迎来之前
自然已绝妙雕刻

如赏笼中鸟
打量怯懦的我
明白了，才牵起手
走进游戏的欢乐

黑鞭子，毛笔一撇
亮眼睛，星光闪闪
一说话，酿出红酒窝

这一年，我五岁
似乎已懂得了爱情
现在已不记得

2. 假装模糊了那天

那天，第一次相见
爱的叶子，落下一片片
你的笑脸永难忘记
北方的风，盛开的花园

岁月如魔术师变幻
竟然又使我们在路上遇见
你不是你，我不是我
你不再稚美，我不再简单

你忘记曾经的我
我假装模糊了那天
省却了难堪

做个陌生人是幸福的
没有人知道你的过去
没有人关心你的今天

3. 妈妈一起飞吧

地铁里，被押解

脸，悬挂的历史试卷

为什么忧愁？

妈妈一起飞吧！

机器分割岁月

天空昼夜流血

习以为常

美好只在幻想世界

妈妈一起飞吧，到月亮上

请列侬做客，一起唱歌

不需睡眠，只吃菠菜

妈妈一起摇滚吧！

把拥有的，统统砸碎

不要失望。妈妈一起飞吧

4. 一切都结束了

太阳上升，托起生命之轮
黄土墙站立，平衡两端呼吸
电灯流淌温柔
药材睡在抽屉，难眠

河水的脸，越来越老
小镇的人，越来越年轻
他抓药，喝酒，练字
没有人懂得楷书的意义

我知道这是可能的
直到她死去——
也没法倾心谈论

如今一切都结束了
随飓风而去
惟剩下一个字，没被摧毁

5. 去年没有落下的雪

去年没有落下的雪
在今天落下
已经忘记多时的人
在今天想起

可诗也没法描述这往事
诗的教科书说这不是它的管辖范畴
连疑问也被灵魂警察屏蔽——
只能捻起这片雪，冷冷看着

你是谁？
和雪花同时降落于心怀
是为何？

你还好么？疾病康复了么？
还是在某个漆黑的小角落？
还是和多数人一样，苟活？

6. 二姨

快二十岁，我才见到二姨
从河南归来，带着她的女儿
和妈妈长得真像，个子也不高
两个人，都习惯沉默

她话不多，整日帮妈妈干些活
不知道在那边，她过得如何
但一脸的沟壑，已经告诉了我
她依然如石头沉默

她应该和妈妈多说说话
亲姐妹，二十多年应值得痛哭几晚
可她们如石头沉默

这些年，我也苍老了不少
她们依然沉默着。如石头沉默
妈妈死了。二姨还活着

7. 石头泪

锯锯子的人，从白天锯到夜晚
再深一锯到梦里，一段又一段
田里的蛙，颐和园，情人的鞋垫
锯锯子的巨眼，从不分辨

闹钟说梦是虚弱的物种
窗外是比锯齿更浑的昏暗
爱人收到一首热诗
故乡的云，点赞

这是搬运石头的日子
灵魂不死之人的节日
悬崖上石头塔接近完工

还得下山，还得去寻找
三月河水——无记忆的鸟群
至此，一场石头泪酿成

8. 诗人是什么

诗人是什么？
当给我戴上这顶冠冕
我忐忑不安
似乎会遭遇危险

诗人不是群众
不混名利圈
不是排字大师
不只在人间

可诗人到底是什么呢？
存在的意义是什么呢？
颤巍巍给个答案：

在最高的高处，最深的深渊
用自己的血，给陌生人
烧出永恒的爱恋

9. 冈仁波齐

众神之山，不同凡间
苍生围在宝座前
不可战胜如太阳
世界以它为原点

转满一整圈
是信徒最大的祈愿
无惧风雪和 5648 米艰险
仿佛生命就是这一整圈

几月前我也去了
翻过最高山却没走完整圈
留下长长的遗憾

冈仁波齐
所有爱所有痛宁静的本源
无法抵达的情感

10. 大地与人

大地上的泥土

越堆越高

即将抵达天空

月光市集

大地上的人

越来越多

需要房子需要衣服

就拿泥土做

立起一堵堵

再把自己融进去

重启生活

又再次塌陷

并因此满心欢喜

继续复制

11. 永别

为诗歌的高远向狂妄永别
为梦想的衰老向荒唐永别
为社会的无道向恶念永别
为岁月的残忍向眼泪永别

为星空的珍贵向市侩永别
为城市的冰冷向疯狂永别
为沙漠的荒凉向暴力永别
为物种的消失向无情永别

生命的草原欲望纵横
一个个被牧养的躯壳
与无反省的灵魂永别

平静的生活，温柔的情谊
无论什么时候都不舍离去
与不真不善不美的人永别

12. 字词远走

字词远走

岁月脉络在瞳孔隐现

野兽们

在家园被箭矢洞穿

梦与记忆——野孩子

在命运之神的指引下

穿过森林与沼泽

逝去那早晨的光焰

松树卑微地高耸

一粒松子，落入白垩纪化石的胃

惊起羽羽震颤

猎人们，从山崖归来

以苍凉的傲意

献上双眼

13. 期待在爱的岔路口相逢

遥远的童年

花园编织岁月的蒸箱

根根血液藤蔓，向上攀援

抵达同一源头

第一次喊你姐姐

还只三四岁，你正貌美如花

稍大一些，你带我

一起坐绿皮火车去远方

我们是羊的家族么？

你在前我在后，向生活进发

收集幸福，休养伤痕

我们终于悬在空中

隔着群山与江河，沉重地互望

期待在爱的岔路口相逢

14. 坟

生，是礼物
死，是归还
有说长，有说短
有吐埋怨，有说圆满

亲人们的命，比水轻
我的命，也不会重一分
生，血管相连
死，辨别碑文

座座坟凸起大地
蓝天花开，也缄默不言
总有眼睛，在察看

生活，从不曾新颖
四季轮转
祈求苍天

15. 情的结局

是什么让我们没有最终分离

真是神奇

是对是错，我们一遍遍问自己

答案迷离

生活好比在一座大湖里

不停撒网捕鱼

永远都有捕不完的鱼

我们怎能逃离

可为什么我们没有最终分离

我想是因为另一张网

另一种魔力

可为什么我们没有最终分离

我想是陷于情的魔力

情是网，人是鱼

2012 年—2015 年诗选

鹅路

从死亡开始

院子里，未成熟的绿葡萄
一个个
装满从孩子头顶
收集的光。

马路中间，经过骑白马的陌生人，
想问问他
关于远方的故事——
但没能开口。

一张张纸折叠的燕子，
从河面飞过一只，
生命稳稳抓住一只。

河岸边的柳树，那从地底
开掘出的沧桑发丝，
被上游村庄的盲人

准时点燃。

多年以后，另一个我，

战斗后收养的义子，

带着诸神的咒语归来，

可为时已晚——

当天，没来得及被命名的日子，

锣鼓喧天中，

后山上所有的蒲公英

在这永恒之夜

约好。

我使劲蜷缩成一只嘶哑的

比一切白色更白的

羊。

无名琴

墙上的钟，闭着眼，向冬驶去。
被黑色占领的山，南方的城，
呼喊对糖的思念。

红色纱幔，赎罪者，随风飞扬。
关于星光的一切，对于还没入睡的人，
太过遥远。

担心仅存的飘忽岁月，
没握紧，即倏然飞走。

去想象吧！
对于多梦的异乡人，
猜测也是安慰。

只希望不要拿起我，
就让我躺在这里——央求：
请千万不要弹起我。

想念你，就是想念美丽

自从和那个孩子告别之后，
我就在这个荒谬世界的低处，
不断收集痛苦和阳光。

我发誓，以我的血发誓：
除了你，我从没见过别的
美丽的脸。

在我的路上，遇到的，
都是残缺的，充满豁口，
甚至是可怕的。

要么残暴，要么懦弱，
要么虚伪，要么自私，要么骄傲，
要么渴望死亡。

没有一张，一张都没有。

如同满世界的蜘蛛与猩猩；

智慧，也无法拯救。

镜子前，我认不出自己。

我问自己，这是怎么了？

为什么我和他们都是如此？

活着的意义，变成了后悔。

零星美好，只为欲望满溢。

超载痛苦，期待快乐死亡。

做一棵树，哪怕一根草，多好。

那么平静，即使在有风的季节。

抵制一切人造的发明。

残缺对残缺。痛苦对阳光。

越发想念你，你的脸。

想念你，就是想念美丽。

鹤

只在一个季节，与之相晤。
独自行过水面，倦了，就飞起，
于茂盛的树中隐落。
远处的天地，如紧闭的唇，
言辞消失的大门。

这么多年，时间带走一切，
也包括你么？

也许你还活着，
如莲子般执着。

猫头鹰

月光照彻密林，
花朵竟自绽放。

而人类，
正高声哀叹——
沉重的不幸。

唯有它，
剪开翅膀，迅疾飞翔。
深入黑夜的深处，
探寻宝藏。

对无数的灯，以及谎言，
投以蔑视的目光。

夜深深

夜深深，外面的世界似乎一点儿都不累，

为了一个一个的目的地，还在奔驰呼啸着。

我躺在平坦的地球上，如茶叶躺在杯底，

没有一丝欲望，平静地面对无处不在的网。

突然想问问哥哥今年收成怎样，过年杀多大的猪。

实在是太晚了，等再次醒来吧。

但愿他不要告诉我不好的消息：

又一位亲人在大地上死去。

陌生人

他摊煎饼的手法生疏，
而态度亲切；
她在深夜，还守着一车橘子，
似乎不卖完不打算回家。
他拉开一辆高档轿车的后备箱，
捧出一串串仿钻的项链手链。
她每天都在橱窗前，给一只只
形态各异的狗，剪毛梳毛修指甲。
他和另一个伙伴，躺在三里屯的天桥上，
不远处是一堆垒起的褐色大便。
她拖着扫帚缓缓穿过我们面前，
那斜视地上烟灰的表情。

之后我会更多关注陌生人，
自己只是浅的河。

辗转

在风里，
北方的风里，
辗转。

风吹着脸，
风吹着身体，
风吹着我向前。

回忆呵，回忆，
回忆一次次辗转，
在心间。

都是走过的路，
都是自己的命，
不停辗转。

从一个地方到另一个地方，

如吉卜赛人一般，

没有终点。

呵，在风里辗转。

呵，在雨里辗转。

呵，在雪里辗转。

一天又一天，

一年又一年，

在一个密室里辗转。

掘墓人

吹过我的风，被鸽群的翅膀带领，
又吹过夜晚村庄的屋顶。

忧伤从溶洞石笋根部，一滴滴渗出，
静得承受不起弯月的压力。

穿了一生的铁鞋子，他终于可以脱掉，
没什么比这更神奇。

躯体躺在棉花堆里，腐朽的躯体；
灵魂止不住地陷落，空虚的灵魂。

满山花开，大地上飞驰烈烈黑骑兵。
我就是自己的掘墓人。

海子传说

爱和恨，隔得有多近？
发掘灵魂的暗影。

只要与神沾一点边，
就都成了另一个神。

该当超越的，
变成了不可逾越的神山。

高处，真正的高处，
是用来被摧毁的。

沉默吧，沉默如谜。
倾听自然。拒绝膜拜。

所有人，
都是半成品。

春天，大地的命运

春天，大地的命运，
迫在眉睫。

繁花的利刃，消磨，
所剩不多。

时间的亡人，停在虚空，
追问真实。

春天，你说我，中毒太深，
像这个时代。

一看见，你的眼睛燃起火焰，
仿佛孩子——

我就认真听着。

春天，大地的命运，
迫在眉睫。

心灵的井边，
还未生出新的儿女。

白昼与夜晚，错乱；
猫与狗，比我深刻。

虽然，在春天，
我与自己，作战良久。

一看见，你在树上匆忙长成
即将凋落——

我就认真想着。

与我无关

前几日派了几个侦察兵，
这时大军已经全面占领。

从河流底部逼迫绿，
从蜜蜂嘴唇收缴粉，
从鸟儿翅膀掠夺黄。

阵容浩荡，却虚弱，
在风中发抖，显得紧张，
如生病的影子。

河流如朴实的老人，
蜜蜂年幼却忧郁，酿造记忆的蜜，
鸟儿永远在路上。

这春天和小院与我无关，
还是与我息息相关？

我坐在这里，凝结如一块蓝石，

想着穹顶之下发生的一切。

大槐树

之于他，生活是
一株孤独的大槐树，
在记忆的故乡，
吐绿开花。

他坚守他确认的。
他的心得就是刺，没有嘴。
地上堆满煤渣般的
叹息。

鹭站在山顶，
安静等候着，
黑色鼻孔中经过的风，
一根绳。

钉子

看见芽苞般的孩子从废墟里

从重尘的包裹里

被取出，

我就看见

哭

这个字像一枚钉子

在空气中

炸裂

五感图

我躺在夜的怀里，
夜躺在太阳的身后。

水涌出光亮尺子，
鸟儿带走一扇扇窗。

飞机划过疼痛的胃壁，
发出蜂群的声响。

院子上升的草木香，
从琴弦解放。

我失去多年的手臂，
那用词语垒成的月亮。

我爱你，你永远也不会知道

在河流的眼睛里寻觅你，

在石头的波浪里寻觅你，

在夜晚的水滴声里寻觅你，

在春天花开的词语里寻觅你，

在秋天叶底的微风里寻觅你，

在雪山深处的洁白里寻觅你，

在道路路标的废弃处寻觅你，

在一张白纸的尽头寻觅你，

而你在遥远的远方，

看不见听不着梦不到。

奇迹

那天，
你给我展示采摘的花朵，
我左看看右看看。

那天，
你给我展示你的逻辑，
我一边表示赞叹
一边骑着一匹迷茫
悄然走远。

那天，
我来到一座荒芜园子，
自己松土撒种浇水施肥。
好几个春天后，
它们如从群星的梦境醒来，
睁开无数小花蕾。

那天，

是生命的节日，

园子里到处都是

一些和逻辑无关的

奇迹。

夜歌

夜从树梢落下如雾如雨，
失去了家园的血液重力。
就这样落下即变为纱衣，
为夏夜的人们轻轻穿起。

盏盏星辰似乎走得累了，
如发光的石子歇在窗间。
花园里一个人也没相逢，
仿佛这是在遥远的远方。

只有一架架飞机的轰鸣，
提醒着我在世界的低处。
没压力的身躯疲倦悬浮，
只是思念那些永恒之脸。

他们在更高处飞翔注视，
注视我们卑微仓惶的心。

我看见灯的光直入地底，
追向那散乱的根系岁月。

我听见人经过的脚步声，
一声声被地面坚硬拒绝。
我嗅到消失数日的花香，
又从地底婉转上升旋转。

每个人都在人世间独行，
在未知的沼泽寻找出路。
而夜依然如雾如雨下落，
不管不顾我体会的一切。

在这生活的湖底

乘着水流的列车，加速前行。

坠落的歌声，在耳鼓产卵生长，分泌眩晕。

远处，光之花园盛放。

我一直在这生活的湖底。

舞者蝴蝶，萨克斯手牵牛花，绿画家芭蕉，

以及猎手鲶鱼，相伴在一张照片里。

我们从不曾改变，

永恒的幻象，旋转的鱼群，

哪里也没有去过，什么也没曾懂得。

是时候了再次出发

是时候了再次出发，

我听见远方在对我呼唤。

无人的旷野，负雪的高峰，

期待我足迹的抵达，

如母亲在屋檐下等我回家，

神秘的甘南，地震后的玉树，

吃虫草的牦牛，随风飘卷的经幡，

一捧清泉之源的沁凉，

一种忘记红尘的透彻，

一席灵肉混响的酒宴。

还有那拉提的天空草原，

我要在那里一整天骑马，

经过白丝绸一样光亮的溪流，

歇息在哈萨克人的帐篷和马车旁，

夜晚听小伙姑娘们弹琴唱歌，

并与星星一起举起马奶酒杯。

或第三次坐在吐鲁番的葡萄架下，

去想我还没有想明白的吐鲁番暮色，

那神奇的幽蓝为何比星辰更让我着迷。

此番我要去比之前更远的远方，

我将卸下沉重难捱的伤脸，

吐出肺里爬满的烟霾哀愁，

我知道我将会为此而快乐，

去清晰思考我该如何活着。

我也会在那纯净的穹顶之下，

如一条马车辙般想你。

窗外下起小雨

窗外下起小雨，从清晨开始，
落满城市的天空和地面，
满是亲人的思念。

窗外下起小雨，铁门里静悄悄，
大地僵硬，灵魂浮动。
离没有恐惧的日子，还有多远。

一群小花

一群小花，
似曾相识在路旁，
突破花岗岩的管控，
沿着铁丝网向上，
呼告，开放。

无声之声，
淹没在暴烈矩阵，
表情淡漠，
却奥义复杂。

这真是难言，
愁怨的眼神，哀伤的内心，
像极了
一群冤魂。

旅行者之歌

旅行者从北方归来，
卸下诗歌和疲惫，
如爷爷当年从肩头，
卸下扁担和重物。

黏的空气，
紧抓鼻腔与肺叶，
以隐蔽的力，
提醒我已身处南方。

云朵低伏天空，
城市喧哗，共振频繁，
向高的天空眺望，
没有一只鸟穿过。

窗下，
是刀口一样可怖的街道，

密集的高楼几何体，
海绵堆积。

养的狗瞎了一只眼，
一汩汩传递岁月的秘密。
纯洁的饭菜让胃肠感到踏实。
木沙发越陷越深。

远方在另一端看我，
被爱与暴力占领的遥远。
只有歌声还是远方的，
身体在一个叫作家的地方。

写给母亲的三行情诗

从前，你带我飞行；
现在，我带你飞行；
生与死，我们眼中的五线谱。

岁月，腐蚀了你身体；
苦涩，掏空了我心脏；
正好，从此我们共用一颗心。

你，村里最美的女人。
这不是赞美——无须赞美
——这是门前山的回音。

五岁的时候，我就懂得了什么是情人，
我小小的与你缓步走在一起，
你眼中写满骄傲。

数来数去，我已经活了 12652 个日子，可这些数字有什么意义呢？

如果没有你的看见。

每次吃大餐饮美酒的时候，

总看见你的侧影，在厨房忙碌着，

半空炊烟袅袅，村庄香味漫漫。

我曾疑惑地问过你：

什么才是幸福？

你回答说是一家人和睦。

那天，在珠峰之下，

又看到了你，那么安详宁静；

后来才知道：珠峰也叫圣母峰。

一切都是破碎，

我一路走一路粘啊粘，

还是不停地破碎啊破碎。

线与圆

我曾自如地数次翻越围墙，
如很多人干的一样；
后来我给自己画了一条线：

做一个良善的人，少索取，多给予
坚持立场，即使不能改变，但不随波逐流
不去伤害身边的人，亲人、朋友、同事
去关心他们的生活，心灵的状态
多帮助生活凄苦的陌生人
对环境保护做出自己的一己之力
敬畏死亡，与亡灵坦诚对话

这条线，并不直顺，并不好看；
但我发现它最后又回到了起点，
远看像个虽不规整的圆。

是时候了

溪水从手指、臂膀一直流进心脏：我的岁月；
滋养夜的兰花，抽出惊喜的枝条。
热肉体被凉月光轻抚。

镜子就在四周，可我贪恋梦寐已久。
一叶小舟，从未来的云霓行向过去的山冢。
遥远的心，挥霍情感。

这是两个人的屋子，
彼此看不见，但听得见呼吸，
我们——鞘里的双剑。

我还不愿睡去，
我的螺壳在无人的旷野，
我的瑶池需要雪峰的倒影。

是到医治单个自己的时候了。

不能再拖沓，拥簇在看台上了。

是时候了。

消防员

什么是有用的，当死亡覆盖大地？

什么是绝望，当大地与空气充满毒素与悲伤？

请沉默，即使是刹那，即使你还活着。

夜深了，阿多诺的话，回荡在耳边，

以及，保罗·策兰的黑牛奶。

是的，诗歌好无用：

从空眼珠的倒影，活着的人，吸吮着历史。

烧焦的茫茫夜色，穿过

残留的刺鼻味的脐带。

你们拥挤呼号，臭味飘散在方程式的半空，

月光托起片片凝固的飞翔。

你的背影，没有牙齿的嘴，

熟悉而陌生，透出熊熊火光，炸裂；

坠入更暗的脚印之门。

拯救魔鬼的行动，穿越毒与火焰的献祭。

却不知这不会取得成功，

却不知魔鬼已转移到亲人的体内。

某一天，你——群群无影之身

再次归来，海岸边，不会有一朵花

盛开。

姐姐，你回来了

姐姐，你回来了，
乘着秋之微风，
在这个清晨。

姐姐，故人已经离去，
山河已改变了模样，
我们也已不再是
从前的自己。

姐姐，在这个清晨，
让我们闭上眼睛，
丢弃耳朵，
用河水洗净生命。

不要怨恨时间，
姐姐，我们都是小沙粒，
故乡将更遥远，
我们分踞翅膀两端。

北京街头

从 27 楼的清晨，
瞥见的是
爬山虎一样安静的城市。

微黄与湛蓝交融的空气中，
爱与恨还未醒来，
温柔的气氛凝固成一颗琥珀。

此刻，街头的风，等待的我，
所见的是一片金属做的芦苇塘，
人们在这里栖息觅食，无梦地睡眠。

活着，一个多么寒冷的词汇，
从他口中说出，却藏着火的笑脸，
但活着的痛有几人知晓。

最后一瞥

红房子。黑岩石。
流出忧郁的汁液

父亲，
最后一瞥。

红房子。黑岩石。
这是怎样的世界

最后一瞥，
永别。

红房子。黑岩石。
回归大地的苍白

一瞥呵，岩石，
无言的永别。

红房子。

黑岩石。

海子

中午的地铁，

穿过肩膀与脖子的眩晕，

看见你在一片白色中

站了起来。

去年，我去了德令哈，

没有遇到雨水，只有茫茫戈壁。

凌晨的山顶，我与太阳一起，

看你走过的足迹。

此刻，我在北京，

你为之疯狂的北京，北京，

我用烫手的血液，

在黑暗的楼梯上纪念你。

我们属于石头的族类，

荒凉的一切，都是我们的饮食。

你不该死去，你还不够狠，

你错过了世界堕落的慢镜头。

来生，我会来找你。

我会带着纸笔来找你。

我用我的血，你用你的血，

一边谈论过去，一边用血写诗。

水

从孤独的土壤
和黑暗的根，
一直向远方
飞奔。

经过村庄的桥
与城市的灯，
没有人看得见
那爱与恨。

偶尔也会羡慕冰，
结束这长路程，
但远方，只在那
海之深。

海之深，
爱酿为白白的云，
再归来时，
草木青青。

鹅路

——请忘记我吧，
忘记你曾看见过认识过我。
于是我的羞愧，
也许可以减轻许多。

是的，这轻飘的岁月，
这沉重的引力，
我呵，几乎被迷醉，
被降服。

可怎么办呢？
难道就如此终了？
就逃不脱大地的手掌，
就这样接受？

而——飞翔——
那羽毛中涨满的自由，

那眼神中深藏的渴望，

我将到何处寻回。

我还不愿死去，

我知道那是更大的自由，

只要一进入其中，

我就可以兑现我所求。

因这犹疑我走上了一条

不可知的路。

是的，我将迎接新的痛苦，

甚至被称为叛逆者。

——请忘记我吧，

忘记你曾看见过认识过我。

于是我的羞愧，

也许可以减轻许多。

图书在版编目（CIP）数据

伤口与花朵：遥远诗集 / 遥远著 .—上海：上海
三联书店，2021.4
ISBN 978-7-5426-7385-5

I.①伤… II.①遥… III.①诗集 – 中国 – 当代
IV.① I227

中国版本图书馆 CIP 数据核字（2021）第 057344 号

伤口与花朵：遥远诗集

著　　者 / 遥　远
责任编辑 / 张静乔
特约编辑 / 王文洁
装帧设计 / 卿　松
监　　制 / 姚　军
责任校对 / 王凌霄

出版发行 | 上海三联书店
　　　　　（200030）中国上海市漕溪北路 331 号 A 座 6 楼
邮购电话 / 021-22895540
印　　刷 / 山东临沂新华印刷物流集团有限责任公司
版　　次 / 2021 年 4 月第 1 版
印　　次 / 2021 年 4 月第 1 次印刷
开　　本 / 787×1092　1/32
字　　数 / 30 千字
印　　张 / 5
书　　号 / ISBN 978-7-5426-7385-5 / I · 1695
定　　价 / 48.00 元
敬启读者，如发现本书有印装质量问题，请与印刷厂联系 0539-2925659